Pour Élodie,
un drôle d'oiseau. R.L.

À mes parents. H.M.

Tél. : 05 65 77 73 70 - www.lerouergue.com

La môme aux oiseaux

Texte de **Henri Meunier**

Illustrations de **Régis Lejonc**
avec la participation d'**Antoine Lejonc**

Éditions du Rouergue

Souvent, je suis arrivé en retard à l'école et lorsque l'on me demandait pourquoi

je mentais.

La vérité c'est que je m'arrêtais au parc,
que je m'y cachais pour admirer la môme aux oiseaux
et que je rêvassais après.

Longtemps parfois.

La môme aux oiseaux, elle,
ne me connaissait pas.

Mais déjà je la savais ma sœur,
ma pente,
mon miel,
ma semblable
et mon autre.

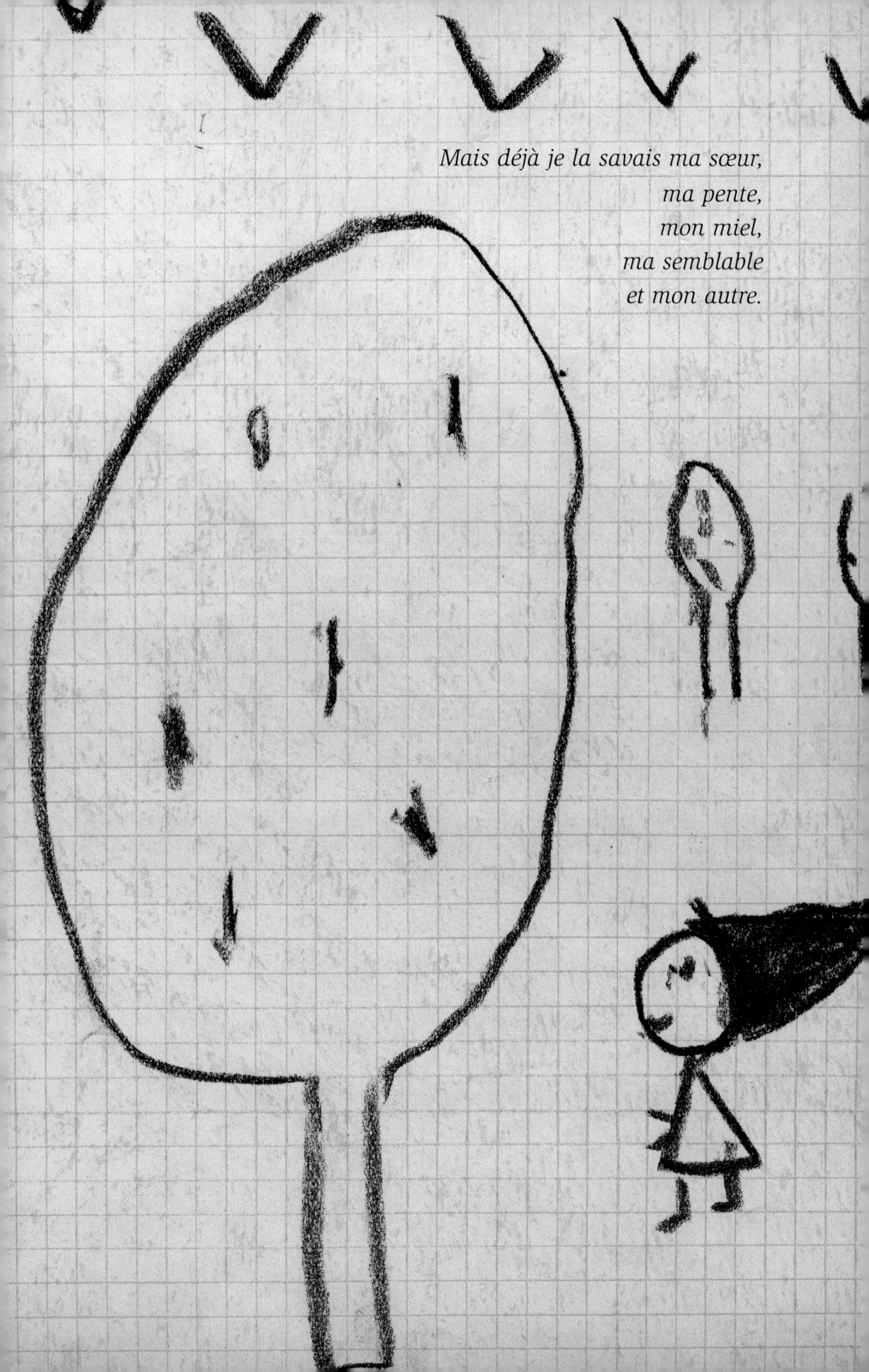

La môme, c'était mon métronome.
Elle venait tous les jours
sous le grand cèdre bleu,
un peu avant neuf heures.

Elle jetait un coup d'œil à droite.
Un coup d'œil à gauche.
Un devant.
Un derrière.

Pour être sûre d'être seule.

Puis, plus rien.

Long moment.

Immobile.

Comme cherchant à entendre
quelque chose de lointain, en elle.

Tapi dans les fourrés,
je me faisais petit
pour qu'elle ne me voit pas,
je m'enveloppais dans le chahut des feuilles
pour qu'elle ne m'entende pas.
Je me voulais discret,
j'étais seulement timide.

Allongé sur le sol,
je buvais en secret ce miracle quotidien.

Un miracle de la voir chaque matin après ce long silence
farfouiller dans sa poche d'une main décidée,
la ressortir serrée
et l'ouvrir brusquement,
un oiseau dans la paume.

La môme examinait l'oiseau avec minutie comme pour en connaître chaque plume avant qu'il ne s'envole.

Et l'oiseau qui naissait chaque jour de ses mains n'était jamais le même.

Bouffi, petit, commun ou rare, précieux et capricieux,
moineau, rossignol, mainate, milan ou paon de Chine,
on ne pouvait savoir à l'avance de quelles plumes serait faite la volaille.

Ce qui ne changeait pas, c'était ces quatre mots :

« Vole, vole, vole, vole »,

et puis son poing levé, tendu droit vers l'ailleurs,
et l'oiseau qui montait se perdre dans le ciel
juste au bout de son doigt.

À force de l'écouter s'écouter longuement fouiller en elle
à force de la voir arracher un oiseau de son poing
comme on arrache un diamant de sa gangue,
de la sentir étudier cet oiseau,
chercher à le comprendre,
lui parler,
lui sourire
ou lui tirer la langue
et le lâcher enfin,

j'ai compris.

Enfin je crois.

Je crois que chaque oiseau était un peu d'elle-même.
Une humeur profonde.
La môme du jour.

Ses états d'âme et de plumes.

Sa vie une longue charade en vol,
vole, vole, vole.

Quand son cœur était noir,
en sortait un corbeau.

S'il était à la fête,
un pinson virevoltant
s'échappait de son poing
sans attendre son reste.

Pour les jours trop communs,
un pigeon roucoulant s'envolait pesamment.

Un jour de mai en sortit un dindon.
Je préfère ne pas savoir ce qu'elle avait en tête.

VOLEZ

volez

volez

VOLEZ

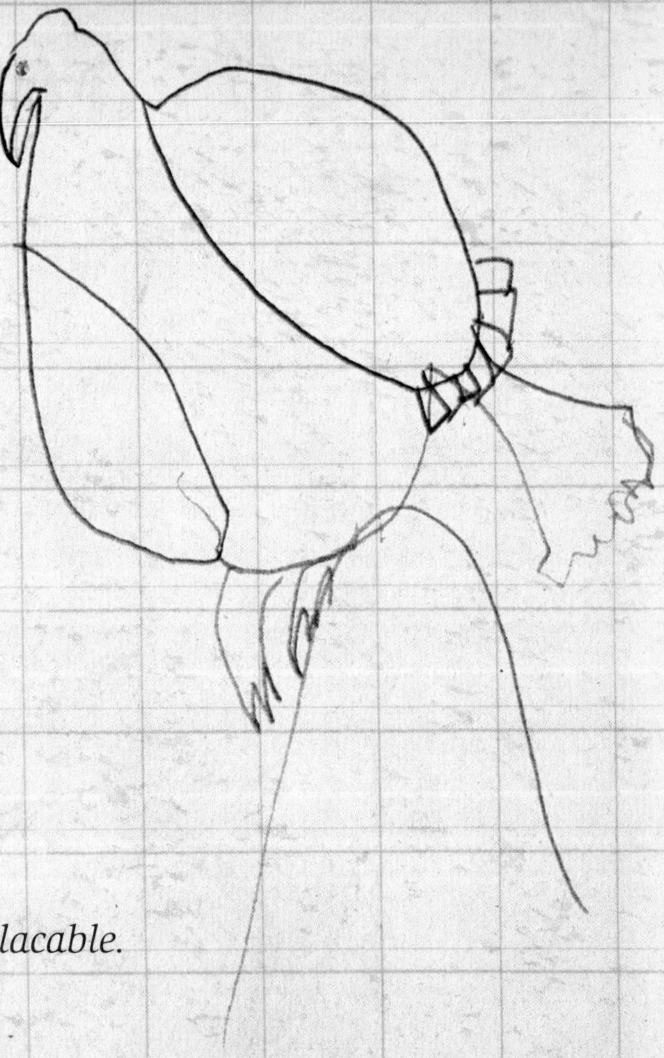

humeurs fauves et fières,
aigle noir, au zénith, impeccable, implacable.

VOLEZ

VOLEZ

volez

humeurs océanes ou vague envie de vent,
splendides fous de Bassan
aux palmes bleue turquoise
qui d'un battement d'ailes défient déjà Ouessant.

volez VOLEZ

fille tendre en printemps qui gazouille au-dedans,
oiseau-mouche qui s'affole d'un caprice des fleurs.

volez

envies de trop en dire,
pie pipelette qui pépie
et s'éparpille au loin.

volez

Depuis le sol,
la môme vous dévisage et s'envisage.

Pour mieux se voir
elle se regarde de loin, d'en bas,
et sous d'autres couleurs.

Volez soucis,

volez bonheurs.

Libre comme l'air, dans l'air, en l'air,
la môme est libre, aussi, quand vous êtes en haut !

Moi, béat, je restais au sol,
prisonnier de moi-même
et j'attendais mon heure.
L'heure improbable et juste de lui parler.

Je n’osais pas.

Pourtant plusieurs oiseaux s'étaient posés sur moi
et je ne me cachais plus depuis longtemps déjà.
Mais j'avais le cœur chiffonné, le corps accablant et la tête en feu
de ceux qui ne savent pas s'inventer les ailes adéquates.
Et je rêvais si fort de prendre mon envol.

En vue de ce grand jour
je tenais dans mon poing fermé
un mot et un œillet.

Pas à pas, je m'approchais,
regard fixe et joue rouge.
Quand enfin à deux pas,
ma main s'est ouverte,
la môme s'est saisie du papier
et de l'œillet froissé.

Sans un mot. Sans lire. Tout sourire.
Elle les a mis tous les deux dans sa poche.
Dans la poche aux oiseaux.

Je lui ai dit en bredouillant :
« Toi qui est magicienne,
donne-moi s'il te plaît quelque chose de nouveau,
un lapin, un ourson
ou quelque chose de chaud. »

« On n'a pas toujours ce qu'on veut gamin. »
Elle m'a répondu en me prenant la main.
Et puis elle s'est tue.

Juste à ce moment-là,
comme sortis de nos doigts,
pointèrent deux drôles d'oiseaux
venus d'îles lointaines.
Des inséparables.
Ces oiseaux merveilleux,
qui jamais ne se quittent,
se sont fondus
paisibles
dans notre paysage.

Je n'ai rien dit non plus.

Des oiseaux en vol, c'est tout de même plus beau que des paroles en l'air.

Ouvrage réalisé par le Studio graphique des Éditions du Rouergue
Achevé d'imprimer en mars 2003 sur les presses de Eurografica (Italie)
ISBN : 2 84156 456 8 - Dépôt légal : mai 2003
Loi n° 49-956 du 16 juillet 1949 sur les publications destinées à la jeunesse